Se só me restasse uma hora de vida

Roger-Pol Droit

Se só me restasse uma hora de vida

2ª edição

Tradução
Clóvis Marques

Rio de Janeiro | 2016

Título original: *Si je n'avais plus qu'une heure à vivre*

Capa e ilustrações de capa: Silvana Mattievich

Editoração: FA Studio

Texto revisado segundo o novo
Acordo Ortográfico da Língua Portuguesa

2016
Impresso no Brasil
Printed in Brazil

Cip-Brasil. Catalogação na publicação.
Sindicato Nacional dos Editores de Livros, RJ.

D848s Droit, Roger-Pol, 1949-
2ª ed. Se só me restasse uma hora de vida / Roger-Pol Droit; tradução Clóvis Marques. - 2. ed. - Rio de Janeiro: Bertrand Brasil, 2016.
96 p.; 23 cm.

Tradução de: Si je n'avais plus qu'une heure à vivre
ISBN 978-85-286-1525-8

1. Filosofia. 2. Reflexão (Filosofia). I. Título.

14-13544 CDD: 100
CDU: 1

EDITORA BERTRAND BRASIL LTDA.
Rua Argentina, 171 — 2º andar — São Cristóvão
20921-380 — Rio de Janeiro — RJ
Tel.: (0xx21) 2585-2070 — Fax: (0xx21) 2585-2087

Atendimento e venda direta ao leitor:
mdireto@record.com.br ou (0xx21) 2585-2002

Para Marie,
minha grande filha

Sumário

apareceu de uma hora para outra,
estava ali, eu não escolhi, não resolvi,
de repente era patente, inelutável, imperioso
era preciso
sem que eu soubesse como nem por quê, nem aonde estava indo
nem o que poderia acontecer
eu não concebi nem preparei o projeto, não o vi chegando, ele tomou conta de mim, para minha surpresa, quase contra a minha vontade
tentei até, não por muito tempo, fazer como se não tivesse visto nada, olhava para o outro lado, continuava fazendo outras coisas, a não fazer nada, mas aquilo estava ali, abrupto, impossível de ignorar, mesmo sem entender, sobretudo sem entender, ele é que mandava
a coisa provavelmente evoluiu durante muito tempo, por caminhos subterrâneos, até surgir com essa evidência bruta inicialmente, é verdade, eu tive a sensação de nunca ter pensado naquilo antes
mas quase tive a impressão de reconhecê-la, de identificar algum antigo plano, distinguir uma velha decisão, uma familiaridade secreta com o horizonte da morte, do desaparecimento, o sentimento agudo da finitude,

não é necessariamente triste, apenas agudo, lancinante, afiado, como uma exigência de não fingir, imaginar o fim bem próximo, experimentar as consequências
eu não sou primeiro a fazê-lo, senti vontade de também correr o risco
se só me restasse uma hora de vida, apenas uma hora, exatamente, inelutavelmente, o que eu faria?
que atos realizar?
que pensar, sentir, querer?
que traços deixar?
essa questão da última hora caiu em cima de mim, tão antiga e tão nova, saindo da noite dos tempos, surgida esta manhã
vamos então imaginar: dentro de três mil e seiscentos segundos, nem um a mais... breve estertor, longo suspiro, espasmo, contratura, alguma coisa e depois mais nada, parada do coração, fim da respiração, encefalograma zerado...
teriam chegado ao fim para mim o universo, a ternura do extremo, o riso das crianças, a cerimônia do chá, a alquimia dos vinhos, o ódio do ódio e tudo que se segue,
fim da vida, bom-dia, mistérios,
mistério dessa parada,
mistério do que está além,
mistério do que é preciso fazer antes,
e então tudo fica mais intenso, mais urgente e mais denso
é preciso deixar as ilusões de lado, as trapaças, esquecer o supérfluo, ir direto ao essencial, sem rodeios, mas onde está o essencial?
que sei eu do essencial, e quem sabe? o supérfluo também se faz passar por essencial

mas o fato é que não há tempo a perder, a contagem regressiva já começou
claro que se trata de um artifício, de uma construção, estou inventando uma hipótese, vou fazer de conta,
na realidade, são poucas as situações concretas nas quais eu saberia que vou morrer dentro de uma hora exatinha, precisaria ter bebido cicuta, como Sócrates ao ser condenado, sentir as pernas perdendo a força, sabendo que logo o veneno iria chegar ao baixo ventre, depois ao coração,
ou então estar no corredor da morte de uma prisão do Texas, rejeitado o último pedido de clemência, marcada a hora da injeção
não são situações corriqueiras
na banalidade real, é claro que a gente não sabe o dia nem a hora
morremos por acaso ou por alguma circunstância, sem saber muito bem, sem pensar realmente, muitas vezes sem nada decidir, acidente, infarto, AVC, ônibus, não importa, o fio se rompe, sem aviso prévio, de uma hora para outra
ou então doença prolongada, declínio gradativo, esperanças perdidas aos poucos, passo a passo, degrau após degrau, e a gente cai sem ter conseguido fazer o balanço nem uma única vez
é justamente o que eu não quero, o que não posso suportar,
eu queria esclarecer alguma coisa, mesmo às pressas, mesmo desordenadamente, mesmo sem melhorar as frases nem acertar a sintaxe, não sei realmente o quê, mas justamente, quero saber
tentar filtrar o que consegui aprender com a vida e quem sabe poderia até, por que não?, servir a outras pessoas,
imaginar que vou morrer dentro de uma hora, nem mais nem menos, como canta Aznavour,

é portanto um jogo, uma história que estou inventando, uma ficção, um esquema mental, uma espécie de praticável para exercitar a reflexão.

um jogo, é uma maneira de falar
não adianta dar de ombros, dizer "é apenas um jogo", nada sério, não tem importância
erro completo
nada é mais sério que o jogo
Montaigne sabia disso perfeitamente: "as brincadeiras infantis não são brincadeiras, devendo ser consideradas, nelas, como seus atos mais sérios"
só que ele está errado, o nosso bravo fidalgo, ao se limitar às crianças, uma vez que todas as questões humanas têm a estrutura do jogo
"a gente finge que é pirata", ou explorador, caubói, índio, monge, peregrino, juiz, filósofo, policial, presidente, pesquisador, rei de Navarra, bobo da corte, arquiteto, farmacêutico, padeiro, comerciante, músico, palhaço, médico...
não importa
não existe atividade humana, por mais séria seja considerada, sem esse decreto do imaginário, o estabelecimento de um espaço normatizado, de uma representação específica
"a gente finge que é...", é sempre assim que começam uma meditação, uma ação, um projeto, o importante é não se limitar a jogos teóricos

a mesma estrutura é encontrada em toda parte: a gente finge que é ferreiro, advogado, mecânico de automóvel, agricultor, general, cantor
a gente finge que está pensando
finge que está em busca da Cidade Justa
ou então atrás da virtude, da verdade, da beleza, do amor, em busca da essência da linguagem, da origem do poder, do sentido do tempo, da natureza do espaço...
Platão chama isto de "brincar seriamente", Xenofonte dá como fonte Sócrates ao qualificar a filosofia, mas é sempre um jogo
a gente finge que o meu fim está próximo,
o fim foi marcado para dentro de uma hora, definitivamente, sem contemplação, impossível transigir, sem escapatória
esse jogo, que pode ser praticado por todos, diz respeito apenas, a cada vez, a um só, no mais íntimo das suas escolhas
àquele que vai morrer, desta vez,
neste jogo, sou eu
o jogo consiste em explorar o espaço singular deste breve período,
como uma experiência crucial, reveladora, na qual seria praticamente impossível fazer de conta, trapacear, envergar uma máscara, desempenhar um papel
uma experiência que desnude, obrigue a ser sincero, quaisquer que sejam as consequências, mesmo se o resultado chocar, desagradar, decepcionar, causar repulsa
mas sem nada de mórbido

se só me restasse uma hora de vida, seria o caso de a própria morte, já tão próxima, não ser mais minha maior preocupação

o importante, para começo de conversa, seria, isto sim, entender o que acabou de mudar

limitada a uma hora, a vida deixa de ter as mesmas características

eu continuo tendo um passado, um presente,

não há mais futuro

aqui estou eu livre de uma infinidade de projetos, preocupações, ansiedades, obrigações

em uma hora, não há mais necessidade de me preocupar com a saúde, bobagem fazer musculação, regime,

controlar o peso, a pressão, a taxa disto, a falta daquilo passam a ser preocupações risíveis

eu vou acabar exatamente como sou, sem ter tempo de nada, de engordar nem de emagrecer, de me curar nem de cair doente, também já não tenho tempo para enriquecer nem empobrecer, mudar de situação, de condição, de status, as cartas estão na mesa para tudo, ou quase tudo, só resta uma margem ínfima, que diminuirá a cada segundo

é muito estranho

estranho ter apenas um futuro minúsculo, tão limitado que é inexistente, um futuro marcado, exíguo, delimitado,
normalmente, o futuro é vago, incerto, necessariamente impreciso
nós sabemos que o tempo disponível diminui, que o futuro encolhe a cada ano, por mais que sejamos capazes de compreendê-lo, tanto melhor e mais claramente por sermos menos jovens, sempre subsiste uma feliz ignorância, ela permite muita coisa: continuar tendo esperança, insistir em fazer projetos, inventar um futuro, brincar com as possibilidades, presumir chances, sonhar com acasos...
tudo isto agora fica encerrado
estou preso a um presente emparedado
mal dispondo de um futuro de bolso
um futuro pequenininho, três vezes nada de vida restante
com três vezes nada, como diz Devos, já dá para comprar alguma coisa
eu tenho vontade de resistir, de lutar, de rugir, de berrar, qualquer coisa, menos inércia e abatimento
e assim entro em ebulição

fico pensando que, no fim das contas, *não terei mais nada a perder,*
se eu só tivesse uma hora de vida, por que não me atirar loucamente em tudo que eu nunca fiz, nunca ousei, por decência ou receio, não sei,
por que não implodir enchendo a cara e tomando todas pela primeira e última vez, num porre monumental com todos os pós brancos, todos os cogumelos, todos os êxtases químicos possíveis, morrer de overdose antes da hora, talvez fizesse um bom efeito,
ou então trucidar alguns seres humanos que eu odeio, aqueles que eu detesto, eliminá-los a bala e no facão, fazê-los esguichar as tripas, o coração, o cérebro, deixá-los marinar no próprio sangue e cuspir nos cadáveres, ah, seria realmente muito bom,
ou então assaltar uma joalheria, sem motivo, só pelo prazer, e limpar vitrines,
ou ainda me perder num paroxismo de orgias, me aniquilar na foda, no vômito e no álcool,
coisas assim... que a gente fica pensando que deveria fazer, pois não haveria mais amanhã, são os últimos momentos, não haverá outros, de modo que bem valeria a pena transgredir, mandar tudo passear, conveniências, valores, ética e tudo mais, e claro que a prudência também, o comedimento, a temperança, o decoro,

todas essas imbecilidades para os outros dias, as horas normais, mas não para a última delas, aquela em que nada mais funciona, cartas na mesa, tudo é diferente, só uma vez, a última, na qual eu denunciaria, por exemplo, a infâmia dos intelectuais, a mediocridade dos contemporâneos, a covardia dos chamados filósofos, a umidade rançosa da universidade, revelando um monte de segredinhos sujos, cuspindo litros de veneno

mas de que adianta, isto também seria inútil, tão inútil quanto permanecer abatido e prostrado,

não existe bom ressentimento

é preciso recomeçar de outra maneira, *manter um horizonte*, ainda que para mim o futuro esteja perdido, em vez de me queixar ou enfurecer,
pois se só me restasse uma hora de vida, teria de acabar esse fim do futuro, essa restrição do lapso de tempo,
drástico, apenas uma hora,
ao passo que, na vida, a gente sempre acha que tem tempo, então não está nem aí, a gente se consola, imagina que um dia...
amanhã, mais tarde, no ano que vem, no outro, quando eu for grande, quando for velho, quando estiver tranquilo, ou curado, ou finalmente sozinho, ou finalmente não sozinho, na semana que vem, ou daqui a dez anos,
sempre a incerteza, a margem, a distância,
mas agora, cada segundo que passa é um segundo a menos, inevitavelmente,
de modo que vai acabar, definitivamente, dar a virada, eclipsar-se, apagar-se, anular-se, vai morrer, desaparecer, mudar, transformar-se, transmutar-se, que sei eu?
que sei eu de tudo isso, que poderia saber? nada, só que a coisa vai fazer isso, embora não saiba o que é "a coisa", nem o que "a coisa" vai fazer, mas o fato é que vai fazer, dentro de uma hora, já agora um pouco menos, finalmente uma novidade, diferente,

insuportável, mas por que diabos seria insuportável? e seria novidade? de qualquer maneira eu teria de morrer um dia, mas, quando pensava nisso, era tão distante, era daqui a muito tempo, tanto tempo, que é que muda com essa certeza, essa proximidade, a água subindo, a foice descendo do teto, como em o poço e o pêndulo, a novela de Edgar Poe, o sujeito preso no fundo e vendo descer na sua direção a foice que daqui a pouco vai cortar-lhe a garganta, o que muda com isto?
o limite estabelecido, o fim conhecido parecem mudar tudo parecem varrer ilusões de futuro, chocalhos, projetos, historinhas de dias melhores, de sursis, mais um instante, só um pouquinho a mais, um gole, uma colher, um resto no fundo, uma carícia, só um olhar, um raio de luz, um sopro de ar, um perfume que passa, mais um, um a mais, para adiar o prazo, e, por sinal, quem disse que ele está tão próximo?, a gente inventa histórias, uma possível longevidade, adiamentos, curas, milagres e banalidades,
desta vez, eu me coloquei na situação em que o fim é inevitável e está bem próximo, sem possibilidade de brecha nem horizonte, sem nada vago, nada daquilo que faz o futuro, o que ainda pode acontecer não é igual a zero, mas muito pequeno, muito restrito questão de minutos,
será verdade?
e se fosse o caso apenas de revelar o que é?
se eu ainda tivesse tantos instantes quanto em qualquer outro momento, igualmente densos?
eu ainda poderia cavar alguma coisa, juntar pedaços, fragmentos de lembranças, de ideias, de palavras, de sentimentos, juntá-los como puder, sem tentar inventar, quase sem tentar entender, muito

embora a gente sempre esteja mais ou menos buscando algum sentido, um pedaço, uma continuação, pronto, isso mesmo, uma continuação, na verdade estamos sempre embarcando em continuações, pois necessariamente perdemos o início,
ninguém sabe como tudo começou, nem como nem por quê nem por quem,
dos episódios anteriores, só conhecemos alguns, apenas os últimos, sem entender as circunstâncias e implicações,
nessa história da vida, sempre ficam muitas lacunas, espaços em branco, personagens enigmáticos,
e também há aparentemente uma quantidade de excedentes transbordando, coisas absurdas,
mas temos de nos acostumar,
tentar reescrever a história, conferir-lhe uma certa coerência, um arremedo de organização, alguma inteligibilidade, de qualquer jeito, meio atravessada, sempre capenga,
o que em geral nos salva é a vontade de escrever a continuação, a continuação dessa continuação em que caímos sem saber aonde vai, como não sabemos de onde vem,
para dar continuidade à novela, apresenta-se um tempo do depois, necessariamente
como algo evidente
uma certeza ou uma necessidade
uma continuidade que escapa ao nosso medo
como se, apesar dos batimentos do coração, da aflição da agitação do pânico, também houvesse, ao lado, por dentro, atravessado, acima, abaixo, não sei, não saberia dizer onde é que se situa, mas que importa?, algo que segue seu curso, sozinho, não se alimenta

de nada, se autossustenta, se vai desenrolando imperturbavelmente,
poderíamos dizer que é a vida

a vida como um batimento, sim, uma breve continuação entre duas lacunas, um negócio que vem sempre depois e sempre antes,
batimento entre nada e nada,
e, aliás, nada ainda é muito, pois, na verdade, não se sabe, não é absolutamente nada, nada de nada, só um batimento
mas um batimento de quê?
de coração, de asas, de cílios, de tambor?
a vida, um batimento, nada mais, dito assim, parece simples,
mas nada é mais difícil de definir que um batimento,
é algo que não se apreende, se fixa, se captura, é apenas pulsação, movimento, espaço intermediário, passagem, diferencial, sempre entre, nunca fixo, nunca situado nem situável de um lado ou outro,
o batimento é apenas movimento de um instante,
instante entre instantes, passagem de um mais a um menos, ou o inverso, de alto a baixo, de baixo acima, inspira-expira, sístole-diástole, on-off, interminavelmente
a vida que bate, que pulsa, que vai e vem o tempo todo, não se pode vê-la,
nunca se vê um batimento, podemos senti-lo, atravessá-lo, experimentá-lo, jamais contemplá-lo,
não podemos ver a vida porque estamos dentro dela, no batimento,

para poder contemplá-la, como se contempla o mar, a montanha ou o pôr do sol, como observamos o voo das cotovias ou a corrida de um cavalo, seria necessário estar do lado de fora, observar do exterior, o que não é possível, pois estamos sempre dentro, em pleno batimento,

de modo que não vemos nada,

não são apenas o sol e a morte que não podem ser olhados de frente, mas também a vida, por outros motivos,

pois a vida como batimento é intervalo, distância, nada mais, distância do corpo, do fôlego, do olho, das palavras, distância e sucessão de distâncias, murmúrio de batimentos espalhados num só,

e desses batimentos, mais ou menos desprezíveis, mais ou menos numerosos, mais ou menos intensos, depende o que tolamente costuma ser chamado, à falta de melhor, sem saber, de felicidade

o fato é que cada vez menos sabemos o que essa palavra pode significar, *a felicidade não é um estado contínuo*, estável, homogêneo e liso, um paroxismo imóvel e inoxidável de êxtase sem fim,
isto não passa de tolice, mais que tolice, total tolice,
isto não existe nunca, não é encontrado em lugar nenhum, exceto num hipotético além, suposto Paraíso, sonho de Éden, lugares onde a mão do homem nunca pôs os pés, como dizia Agénor Fenouillard, o que nós vivemos é completamente diferente, de outra ordem, são séries, sucessões, uma desordem caótica, uma infinidade de acontecimentos, sensações e sentimentos, os "ditosos", como diz Montaigne, e os que causam dor,
êxtase e desolação, animação e desalento, sensações agradáveis e vômito, tudo sempre indefinidamente misturado,
de tal maneira que a ideia de efetuar uma viagem definitiva, de eliminar tudo que seja negativo, de filtrar apenas o prazer, o positivo, assim extraindo a polpa feliz chamada felicidade, com garantia de total ausência de aflição, cem por cento eufórico,
essa ideia é a maior burrice, a mais triste das desgraças garantidas, a imperecível velha infâmia de todos os vigaristas, trapaceiros cretinos e imbecis perigosos
pelo simples motivo de que a triagem não existe, é totalmente impossível a separação entre quinhão de prazeres e quinhão de

desprazeres, parte de alegrias e parte de infelicidade, a vida é um quinhão único, um só batimento múltiplo, onde sempre há de tudo, em proporções variáveis,
mas jamais, jamais, ainda que se quisesse, um mundo de uma cor só, nem infelicidade integral nem felicidade absoluta
por isso é que dizer "sim" à vida, amá-la, aceitá-la, desejá-la, suportá-la, realmente experimentá-la é necessariamente dizer "sim" a isso tudo, sim ao lixo, à lama, ao medo, à tristeza, ao horror, assim como à beleza, à ternura, ao gozo, à calma, à serenidade, à ajuda mútua, pois não há como separá-los de maneira definitiva e radical, em momento algum nem em lugar nenhum,
naturalmente, sempre podemos nos esforçar por adiar o pior, afastar a desgraça, proteger a própria vida e a dos nossos, podemos compartimentar, segmentar, separar, fazer triagens, esconder os pesadelos nas gavetas, exibir os sorrisos na vitrine,
mas dura apenas um momento,
necessariamente a mistura volta,
tudo volta a se mesclar e fundir,
êxtase e mágoa, entusiasmo e aflição, agitação e tranquilidade,
não que qualquer ideia de felicidade seja inútil, que nada esteja em nosso poder,
fora de cogitação fazer o elogio do sofrimento, gostar da infelicidade, considerar desejáveis as humilhações, as doenças, as tristezas,
é indispensável combatê-las, como aliás tudo que seja negativo, mortífero, que diminua,
e esse combate pode, de fato, levar a grandes proezas, pode realmente acarretar um recuo da massa dos sofrimentos, diminuir

por muito tempo a infelicidade, em certo sentido, melhorar o mundo, ou, pelo menos, a existência de alguns, e sempre vale a pena empreender essa luta, indefectivelmente, continuamente, tarefa indispensável e urgente, dessas que mantêm acordado, tiram da cama durante a noite, atordoado de cansaço, se ainda for necessário agir,
mas a ilusão suprema ainda é acreditar que esse combate possa levar um dia à erradicação do sofrimento, à construção do mundo da felicidade finalmente perfeita, sem mácula nem espinhos,
o que é absurdo e falso, totalmente, pois o fato de ser possível e desejável diminuir o sofrimento, forçar o recuo dos males, aliviar a miséria de modo algum significa que se possa ou se deva acabar definitivamente, integralmente com a face sombria da vida, o que não passa de uma ilusão, comum mas absurda
por que é assim?, por que o erro mais disseminado hoje em dia é imaginar possível uma felicidade completa, sem mácula, absoluta e perfeita?
porque equivocadamente se considera possível unificar a existência, transformar o múltiplo em unidade,
porque só se vê de um lado, com um olho,
porque nos julgamos unidos, unitários, monobloco, o que não é o caso

é, inclusive, um dos mais curiosos equívocos dos filósofos, *o erro deles é acreditar que nós somos unificados,*
eles sustentam a obstinada convicção de que somos homogêneos, monocrômicos, sempre movidos a um pensamento único, uma intenção única, um raciocínio que não deixa qualquer espaço para outras ideias, simultâneas, outras sensações, outros projetos, outros pensamentos justapostos, sobrepostos
os filósofos imaginam a consciência como uma atmosfera pura, um gás raro, onde só ocorre necessariamente uma ação de cada vez
para eles, o indivíduo seria um, e seu espírito, também,
a partir do momento em que o pensamento se torna sincopado, fraturado, descontínuo, cheio de falhas, começariam a rondar a estupidez, o erro, a loucura
se só me restasse uma hora de vida, eu iria proclamar que essa estranha visão das coisas me parece falsa, perversa, digna de pena
pois nada, absolutamente nada da nossa vida real, nem mesmo por um segundo, corresponde a essa unidade imaginária
por exemplo,
neste momento em que estou escrevendo, eu penso no que quero dizer, mas também vejo a caneta traçando as letras, ouço o canto

de um pássaro numa árvore próxima, sinto uma certa dor numa bolha no pé direito, um resto de fadiga nas panturrilhas, ouço um quarteto de Beethoven, o 7º, creio, mas não tenho certeza, sinto o tecido da cadeira, a borda da mesa, um cheiro de cozinha sobe de um andar inferior e eu me pergunto, sentindo as pernas, ouvindo o pássaro, se realmente é cebola frita, que prato pode ter esse cheiro, quem o está preparando, sem perder o fio do que quero dizer
tudo isso, tão banal, extremamente simples, não me impede de pensar ao mesmo tempo
que eu preferiria estar esta noite na nossa cama, em vez de morto,
que seria muito melhor estar logo junto dela, em vez de ficar nesta mesa, me esfalfando com este texto,
que essa música não soa como na minha lembrança, eu certamente tinha na cabeça outra interpretação, preciso verificar, a memória está sempre tropeçando em armadilhas
que não sei por que os pássaros cantam, por que é assim, o que isso significa,
que estou começando a ficar com fome,
que é estranho que essa mesa tenha atravessado tantas décadas, e mais ainda pensar que ela continuará aqui quando eu não estiver mais presente,
que acabo de constatar — sempre ao mesmo tempo — que os sinais que eu vou traçando, vistos de longe, poderiam parecer hieróglifos,
que os hieróglifos, é o que me ocorre imediatamente, não têm cabeça etc., muito embora... etc.,
apesar de que... etc.

acho que nunca, em momento algum, eu vivi um segundo que fosse em que só houvesse na minha consciência uma única ideia, um só estado, uma única preocupação

e sim uma permanente desordem, na qual se entrecruzam, se superpõem e às vezes se entrechocam sensações ao infinito, pensamentos, desejos, associações, reminiscências, projetos, comparações

é normal, banal e incessante, mas os filósofos, visivelmente, não estão nem aí, não querem saber, eles inventaram o espírito depurado, bem-conduzido, capaz de cuidar apenas de uma coisa de cada vez, uma ideia, uma sensação, uma depois da outra, indefinidamente

o fato de essa consciência retificada ter apenas uma relação muito distante com o fluxo disparatado e permanente que nos percorre aparentemente não incomoda ninguém

estranhamente, as mentes mais esclarecidas não parecem lembrar-se daquilo que vivenciam ao se debruçar sobre o pensamento

e por sinal daquilo que vivenciam todos os seres humanos pensantes desde sempre — sobreposições, entrelaçamentos, usurpações, inserções, enredamentos de inúmeros elementos heterogêneos, disparatados, rodopiantes, versáteis, simultâneos múltiplos, distintos, em camadas, folheados, é assim que nós somos, e não um, unificados, homogêneos e constantes

poucos pensadores chamaram a atenção para esse fluxo multiforme da consciência, esse esmigalhamento móvel do sujeito, nenhum, que eu saiba, no Ocidente, o levou em conta de maneira a transformá-lo no tema central do seu pensamento, exceto, naturalmente, Montaigne

exceto Nietzsche, é verdade, que pode ser lido dessa maneira, se quisermos

o que me importa é o que essa constatação da nossa existência como fluxo múltiplo acarreta

em si mesma, a constatação nada tem de extraordinária: todo mundo sabe perfeitamente que é assim, embora ninguém ou quase ninguém se interesse

o que importa, mais uma vez, são as questões que daí decorrem, por exemplo: se é evidente, por que os filósofos nada dizem a respeito, ou dizem tão pouco? por que fazem questão de preservar, no lugar desse fluxo múltiplo, que trança rupturas e continuidades, partes cheias e finas, o mito de uma razão que se limita a raciocinar, de uma consciência monotemática, isenta de parasitas, de solavancos, de diversidade?

e mais: se é verdade que nós não somos um mas vários — múltiplos, sobrepostos —, feitos de camadas e intermitências, de misturas e cintilações que se acasalam, como explicar que apesar de tudo também sejamos de certa forma unidades?

se é evidente que eu estou sempre pensando, sentindo, voltando a sentir, projetando, memorizando, reencontrando, experimentando e combinando uma quantidade de dados ao mesmo tempo, em registros diferentes, com coerências e incoerências, repetições e inovações, rupturas e desvios, não é menos evidente que eu sou, que nós somos, em certo sentido, unificados

em momento algum, exceto em caso de delírio, patologia, disfunção, nós não confundimos nossas lembranças com as dos

outros, o que nos aconteceu com o que nos foi contado, o que ocorre com o que sonhamos
cada uma dessas distinções, e algumas outras de igual natureza, pressupõe alguma continuidade, unificação, coerência dos fluxos,
parece, portanto, evidente que nelas devemos reconhecer não só a diversidade rodopiante, mas também a convergência interna
penso nessa questão, exatamente neste momento, porque, se só me restasse uma hora de vida, esse ponto seria importante
quem é que morre, com efeito? a multiplicidade? só alguns dos seus elementos, dos seus registros, dos seus agrupamentos? a coesão que os mantém juntos?
a partir do momento em que deixamos de pensar o indivíduo como um, o sujeito como bloco, passando a vê-lo como um enxame, uma nuvem, um turbilhão, a questão se coloca
em vez de acreditar que tudo sobrevive para sempre ou se aniquila definitivamente, devemos nos perguntar quais fragmentos desaparecem ou perduram, quais organizações se desfazem e quais estruturas se mantêm
e então?
eu é que não sei
e ninguém sabe
não creio que alguém possa saber
melhor faríamos esquecendo o assunto
e não só essa questão
como também muitas outras

mais vale *acabar com a obsessão de entender tudo*, o permanente desejo de saber, a crença que nos convence de que, se soubéssemos um pouco mais, um pouco melhor, necessariamente seríamos mais livres, mais felizes, mais donos de nós mesmos e do universo,

aí está uma convicção embaraçosa que convém descartar,

pois o saber, como a felicidade, necessariamente é sempre incompleto, impuro, cravejado de ignorâncias, cheio de lacunas, buracos, espaços em branco, já que jamais saberemos tudo,

por natureza, somos ignaros, radicalmente ignaros, condição que não é necessariamente desesperadora nem dramática

para constatá-lo, é necessária uma metamorfose mental, pois não somos educados para essa resignação e essa aceitação,

pelo contrário, nossa cultura detesta a ignorância, atribuindo-lhe todos os males, considerando-a maléfica e ameaçadora, de tal maneira que, quando o conhecimento é inacessível, quando está fora de alcance, tratamos de tapar os buracos com crenças, sempre que possível substituímos o que não sabemos por narrativas, fragmentos de desejos transformados em realidades

assim é que eu não sei o que acontece depois da morte, como ninguém no mundo sabe, nenhum ser humano sabe com certeza, com conhecimento solidamente estabelecido, e desse modo nós acreditamos, no caso de alguns, com toda convicção, que existe

uma imortalidade das pessoas e que ela nos permitirá reencontrar os entes queridos num outro mundo,
ou acreditamos no contrário, sempre com a mesma convicção, que deixamos de existir para sempre, sendo o nada eterno o nosso destino,
reconhecendo que seja impossível deixar de acreditar, tentemos, pelo menos, saber no que acreditamos, deixemos de confundir crença, conhecimento, realidade...
eis-me então dando lições, conselhos, tornando-me sentencioso pomposo pesado, e no entanto o tempo urge, a limitação da hora deveria levar-me a podar, soltar, distinguir apenas o que importa, seria o caso de afastar a felicidade, já é tarde demais para sonhar com o absoluto, de retirar rapidamente o saber, pois o futuro encolhe e não tem mais lugar para fantasiar uma ciência a ser construída
que posso eu então tentar, no tempo que resta?

deveria acaso *ver minha vida desfilar*, como as pessoas que caem do alto de um telhado, ou no fundo de um precipício? calor da fogueira à noite no campo, bochechas avermelhadas pelas brasas, luzes do crepúsculo, hora do diabo, lesmas enroscadas ao contato da relva, população feminina, matriarcado de bonecas russas falando créole, *ka ou vlé mouin di ou, mouin pa sav sa sa ié, tou sa movė butin*, feérico acetinado de vulva sueca, gritos de prazeres anônimos, sino de biblioteca monacal, indigestão de carne, de folheados, de queijos, de vinhos, langores, astenia, convalescença, caixas de papelão, caminhões, mudanças, perambulações, tédio e insipidez, terra negra nas unhas, dedos rachados, gosto de charuto

de que serve essa longa teoria de aflições e praias tranquilas, essa sucessão de fragmentos efêmeros, esse caleidoscópio íntimo?

se só me restasse uma hora, eu não cederia à tentação da nostalgia, da volta atrás, da celebração das *madeleines*,

pode perfeitamente acontecer, apesar de tudo, que um momento emerja e submerja,

aquele dia em que eu quase morri aos treze anos, em que eu soube que tinha quarenta e oito horas de incerteza, dentro de pouco tempo talvez minha curta existência chegasse ao fim, eu saí aliviado, nada insatisfeito, mas com o sentimento, que desde então

sempre me acompanhou, de que tudo que vinha depois era a mais, poderia não ter sido, vinha a ser oferecido por acaso, por acréscimo,
excedente, suplemento, adendo
se eu rebobinasse o filme, se mais uma vez, e dessa vez para valer, me aproximasse do fim, sem bônus, sem adicional, eu faria a única coisa praticamente que soube fazer,
escreveria
por apenas uma hora
mas livre, na medida do possível
sem que ninguém viesse me perguntar se é filosofia ou alguma outra coisa, poesia ou gênero diferente

eu queria apenas escrever,
ora ora, eu tenho direito de sonhar, como Bird tocava saxofone no *Showcase*, como Coltrane, Rollins ou Coleman nos melhores dias, às vezes Getz, às vezes Giuffre, eu me pergunto se Nietzsche teria gostado de jazz, tenho uma certa tendência a achar que sim, um homem que soube largar Wagner, cantar Bizet, um leitor de Sterne e Diderot não poderia deixar de gostar de jazz, ou pelo menos é assim que eu sonharia,
se só me restasse uma hora de vida, eu escreveria como Dolphy, Shorter e alguns outros, questão de síncope, de fôlego, de ritmo quebrado, gostaria de pensar como eles improvisam, produzir frases como eles gritam notas, transmitir ideias como eles rasgam o silêncio
cada um com suas ilusões, seus pequenos sonhos, suas cestas de basquete e suas tentativas fracassadas,
ou às vezes na mosca, raramente,
sem que possamos saber por quê nem mesmo o que representa a mosca, exatamente,
questão de ajuste, de pertinência e de acaso, de tessitura, de décimo de segundo, de orelha, de golpe de vista, de dedilhado, de controlar e largar o controle, indosáveis e intuitivos

resta saber por que a escrita, e não qualquer outra coisa, descobrir o beisebol, aprender a tocar lira, só para ter ideia de como seria a primeira aula, passear uma última vez, olhar fixamente uma folha de relva, do jeito zen,
tudo isso seria possível
e a lista das outras eventualidades seria ainda mais, interminável por definição
se a escrita se impõe, seria o caso de explicar por quê,
não estou tentando me justificar, mas entrever as causas, acho que sei a resposta
se só me restasse uma hora de vida, eu escolheria a escrita como artimanha contra a morte,
pobre artimanha, limitada, ínfima, talvez até digna de pena, no gênero,
mas nem de longe ineficaz ou totalmente impotente
eu provavelmente nunca o tinha entendido com tanta clareza,
se acontecesse de, em menos de uma hora, eu de fato ter desaparecido deste mundo, apesar de tudo, as palavras que estou traçando perdurariam
eu me tornaria definitivamente inerte, incapaz do menor traço, de emitir qualquer pensamento, transmitir a menor sensação, desprovido de qualquer manifestação visível, de qualquer intervenção no mundo, e no entanto essas frases que estou compondo ficariam, permaneceriam aí, à disposição dos leitores, e talvez um dia, dentro de algum tempo, e até daqui a séculos, eles pudessem apropriar-se delas, dar de ombros, achar graça ou chorar
há aí algo muito estranho, infinitamente curioso,

o que não significaria que a morte fosse vencida, mas que é contornada, parcialmente desarmada pela artimanha da escrita
na velha metáfora de Rabelais, "palavras congeladas", as palavras de repente ficam paralisadas, fora do tempo, presas numa espécie de gelo, saindo do fluxo temporal
como se, de repente, o presente fosse perenizado, ficasse livre da corrosão,
o que estou escrevendo agora já será passado para mim no momento seguinte, mas eu poderei voltar aqui,
exceto se dentro de menos de uma hora...
mas continua sendo possível para outros, amanhã, daqui a um ano, um século ou um milênio
alguém poderá se deparar com esse momento singular, esse instante preso na página ou grudado na tela, a escrita é uma questão de singularidades,
ela é indiferente ao que conserva
seria absurdo pensar que ela tenha alguma preocupação de conservar nobres declarações, de registrar apenas o que valesse a pena,
pouco lhe importam as grandes obras e as meditações sublimes,
a escrita conserva qualquer coisa, pichações, obscenidades, notas de lavanderia, arquivos imperiais, listas de gado,
é outra coisa que me interessa nesse enigma, talvez a principal,
o fato de a escrita conservar a poeira dos instantes, eternizar as microfibras do tempo, é certo que não definitivamente, mas durante muito tempo ela livra um microfato da decrepitude,

da corrupção, do envelhecimento, de tudo aquilo que transforma e metamorfoseia
ainda temos em nosso poder o que um soldado da Antiguidade escreveu um dia numa parede de um bordel do Egito, um dia, provavelmente uma noite,
nada sabemos desse soldado, nem da menina que remunerou, nem do contexto nem do instante,
mas conhecemos, apesar dos séculos, seu comentário obsceno,
e da mesma forma são transmitidos bobagens de condenados, orações de gente humilde, contas de farmacêuticos, fórmulas mágicas, façanhas esquecidas, listas de corridas, feitiços, receitas, tolices íntimas, decretos públicos...
a cada vez, a escrita permite a perenização das singularidades, torna quase eternos instantes destinados a perecer, ainda que não tenham grandes méritos, nada que os distinga,
a escrita funciona obstinadamente, indiferentemente, como armadilha de momentos, como um secativo na pintura,
ela seca a substância de um instante,
mas não se pode dizer que ela prenda o tempo com fita adesiva,
não é o tempo que vem a ser imobilizado,
ele continua, vai em frente, seu fluxo nunca se detém,
pela escrita, um fragmento de ato, uma faísca da vida, um gesto vêm a ser cristalizados
apenas singularidades,
nada genérico pode ser escrito,
e, por sinal, nada genérico sobrevive,
só as singularidades não morrem,

eis o que eu quero: gravar instantes, grãos de sentido,
tentar transmitir um punhado de poeira, temporariamente fixa, que será posta em movimento à sua maneira por todo olho que talvez venha a pousar nela muito mais tarde, muito depois, sem que eu chegue a tomar conhecimento

por que transmitir?
a questão não se coloca realmente,
viver e morrer é o mesmo que transmitir, como fazem milhares e milhares de espécies vegetais e animais, compartilhando conosco a vida, todas elas vinculam desaparecimento e transmissão,
nenhum indivíduo se dissolve sem ter assegurado uma continuidade, transmitido alguma poeira de esporos, pólen, grãos, ovos... dispersados ao vento ou depositados em lugar seguro, esses átomos atestam que não desaparecemos sem ter legado,
em praticamente todas as espécies, é apenas uma questão de DNA
para nós, que também vivemos pelas palavras, representações, símbolos e pensamentos, é inevitável que a morte exija a escrita e a transmissão de ideias,
para isso forjamos educação, costumes, leis, uma quantidade de regras e normas, bagagens, exercícios, aprendizagens,
não é verdade que nossa herança não seja antecedida de nenhum testamento, como proclama René Char, o problema é inverso: existe pletora de testamentos, cacofonia, pandemônio, infinito excesso de diretrizes, patrimônios, guias, mesas
por que deveria eu acrescentar um vade-mécum a mais?
por orgulho, por sinceridade, ou os dois, e tão bem-misturados que eu não saiba distingui-los?

a necessidade que eu sinto se expressa de outra maneira
eu acabei imaginando que nós vivemos na superfície de uma bolha
ela parece consistente, sólida, inabalável e firme, luminosa e iridescente, até explodir, desaparecendo de um só golpe,
sabendo disso, podemos viver na bolha, plenamente, preparando-nos como possível para alguma serenidade em relação a sua futura explosão,
enquanto se sustenta, com efeito, a bolha parece perfeita no gênero, densa e colorida, tão presente e consistente que parece inconcebível que venha um dia a desaparecer de um só golpe,
saber que ela é precária, infinitamente leve e diáfana, em nada altera o seu brilho,
assim é com a impensável fronteira entre vida e morte, ao mesmo tempo onipresente e imperceptível, intransponível e atravessada num segundo, sem dúvida simplicíssima mas impossível de conceber claramente
agora que eu estou convencido de que a bolha vai explodir num prazo determinado, muito breve, inelutável, será necessário que esse pensamento fique sempre próximo de mim, sem por isso me paralisar,
eu não acredito muito em heroísmo autoproclamado, mas tento ao máximo aproximar-me da imagem de alguém que consegue manter a morte de lado, sem bater os dentes, sabendo que o desfecho é certo e próximo, mas continuando a falar, a sonhar em ter a última palavra,
que quer, antes do silêncio, pronunciar ainda algumas frases, antes que a bolha venha a explodir e tudo pare, com esta firme

convicção: se a morte nunca é o essencial, ela pode levar a ele ou trazer de volta a ele, mas não faz parte dele, só que é necessário, para entender que a morte não figura naquilo que realmente conta, tê-la integrado e construído ou reconstruído uma alegria para si

quanto mais o tempo avança, mais eu vejo se atropelarem os paradoxos: pensar na morte que é impensável, convencer-me do vazio sem cair no niilismo, transmitir sem por isso pretender conhecer, avançar nesse entrelaçamento sem me emaranhar nessas contradições uma convicção mantém-me a cabeça fora d'água: *nós não sabemos grande coisa*, será sempre assim e, no fim das contas, não é muito grave

curiosa afirmação à primeira vista, quando pensamos nos vertiginosos conhecimentos adquiridos pela humanidade, acumulados ao longo dos milênios, fantasticamente multiplicados nas últimas décadas

parece que esquadrinhamos praticamente tudo, classificamos tudo, medimos tudo, do plâncton aos buracos negros, dos genes aos vulcões, dos quarks às estepes de Marte, dos coalas às enzimas, temos como responder a todas as perguntas, todos os apetites, alimentar todos os bancos de dados, prontos para satisfazer o desejo de conhecimento de cada um,

desejo enraizado em todo ser humano, independentemente de sua sociedade, sua cultura, sua educação, desejo tão forte que viver é inevitavelmente sinônimo de aprender, descobrir todos os "porquês" possíveis, infinidade de conhecimentos práticos, teóricos, científicos, morais e artísticos elaborados a propósito da natureza e das relações que ligam os seres humanos

em tais condições, como afirmar que não sabemos grande coisa?

e, ainda por cima, que isto não é grave?

porque em todo saber existe necessariamente um limite, um além, que nós não sabemos, o que pode parecer insuportável: por que o conhecimento seria definitivamente limitado?
nossa civilização gosta de alimentar uma fábula: esse limite é temporário
ignoramos isto ou aquilo? basta esperar um pouco, injetar créditos, organizar doações, daqui a pouco os pesquisadores vão descobrir!
é verdade que, em muitos casos, a previsão se confirma,
mais tarde do que se esperava, às vezes, um pouco menos
embora não se esperasse, com frequência,
mas, indiscutivelmente, enigmas de hoje terão desaparecido amanhã
o que não impede que a ciência nunca venha a estar pronta,
ninguém vai fechar, uma bela manhã, os laboratórios, proclamando: "Agora nós sabemos! Senhoras e senhores, demos início a nossas investigações há muito tempo, mas chegamos ao fim, a totalidade do que precisava ser conhecido já o foi, missão cumprida"
o que faz com que, em caso algum, o conhecimento possa ser concluído tem a ver com os limites do nosso saber,
Kant os distingue das limitações,
as limitações são móveis, deslocam-se constantemente,
de fato existem terrenos nos quais aquilo que não sabemos hoje será mais bem-conhecido amanhã, talvez inteiramente depois de amanhã,
mas invariavelmente isto só se aplica a problemas delimitados

independentemente dessas limitações, recuando-se de geração em geração ou de ano em ano, existem limites, fronteiras intransponíveis além das quais nossos conhecimentos, de modo algum, podem avançar
por exemplo: do que acontece depois da nossa morte nada sabemos, e quaisquer que sejam nossas tentativas, será sempre impossível saber o que quer que seja a respeito
nunca saberemos tudo por um motivo, mais forte ainda
à medida que nossos conhecimentos aumentam, nossa ignorância também aumenta,
nós ignoramos mais à medida que conhecemos mais,
quem sabe pouco também ignora muito pouco
só um olhar exterior ao ignorante, o olhar daquele que sabe muito a respeito, considera as lacunas do iniciante maiores que seus conhecimentos,
já o iniciante ignora que ignora tanto,
orgulha-se de seus primeiros êxitos, e esse orgulho é muito maior que a consciência do alcance daquilo que ele não sabe,
a partir do momento em que ele avança, contudo, quando começa a crescer o que sabe, ele passa a se dar conta de tudo que ainda falta no seu saber
de modo que uma certa ignorância sempre fará parte do nosso quinhão, indefinidamente, sem possibilidade de recurso, de maneira incontornável
frente à universal obsessão das especializações e competências, considero necessário fazer o elogio da ignorância,
ainda que devendo assumir mais um paradoxo,

tanto mais que as relações da filosofia com a ignorância sempre foram ambíguas
todo mundo está de acordo em que o desejo de saber é a base da filosofia, que proclama que os conhecimentos verdadeiros são bons e portanto desejáveis, sendo necessário buscá-los antes de qualquer outra coisa, prazeres, poderes, divertimentos, sucesso, mas se esquece da condição básica: o saber é desejável apenas para aquele que tomou consciência da própria ignorância e quer acabar com ela, ou pelo menos reduzi-la,
o que pressupõe, nos filósofos, uma primeira atração-repulsão pela ignorância, uma forma singular de amizade rancorosa pelo não saber
esse vínculo original, obscuro e recalcado, é tão forte que a filosofia poderia perfeitamente ser filha da ignorância, antes de ser amante do saber,
Sócrates o entendeu bem, proclamando que sabia apenas que não sabia nada, transformando sua ignorância em pedra de toque, virtude, primeiro passo de todo saber
mais um passo
a ignorância não é apenas um ponto de partida, logo esquecido alegremente,
tampouco é uma questão antiga, circunscrita à Antiguidade, aos primeiros pensadores,
ao longo de toda a história da filosofia, um lugar decisivo sempre foi reservado à ignorância,
ainda hoje ela é buscada, metodicamente,

o que atrai são ainda e sempre os limites dos nossos pensamentos, o que está além dos nossos conceitos, o núcleo invisível de nossas reflexões, o branco que escapa à análise

na atual inflação do saber, na infinita multiplicação dos conhecimentos, contra a arrogância onipresente dos "sabidos", cabe lembrar claramente que existem limites aos nossos saberes,

seria conveniente, assim, definir os filósofos como "guardiões da ignorância",

o que, naturalmente, não significa que eles privilegiem o obscurantismo, embora existam extremistas, místicos da "douta ignorância", que acabam considerando negativos e enganosos os próprios conhecimentos,

veja-se o rude Antistenes, entre os gregos, que explicava que o sábio não deve sequer aprender a ler, ou os monges zen, que preferem o silêncio à palavra, a bordoada ao discurso erudito,

mais simplesmente, sem substituir o saber pelo vazio, sem fazer o elogio da estupidez, é útil combater a arrogância dos que acreditam saber tudo, sua *megalosofia*, sua hipertrofia cognitiva, trazendo o horizonte aos limites da nossa humana insuficiência

Montaigne sabia perfeitamente, como Sexto Empírico na Antiguidade, além dos filósofos considerados céticos ou pirrônicos, do grego Pirro a Michel Foucault, passando por David Hume e muitos outros,

todos optam por suportar a ignorância, frisando que a verdade, na maioria dos terrenos, nos é inacessível, constitutivamente, e que isto de modo algum deve ser motivo de desânimo

eu me situo nessa linhagem, a linhagem dos que duvidam, dos que vivem com a consciência de que a ignorância é o horizonte da nossa condição,
por isso é que, se só me restasse uma hora de vida, eu evitaria a nostalgia do que não sei, do que poderia ter conhecido, provado e descoberto, e que agora vai escapar inelutavelmente à minha experiência, pois estou convencido de que ignorar não é um mal, ponto de divergência com a imensa maioria dos filósofos, que apreciam a ignorância para deixá-la, para juntar-se ao saber e finalmente atracar no litoral da verdade,
eles esquecem que a verdade se esquiva, não passa de uma miragem, um inútil tormento, uma história forjada para não dormir tranquilo,
mais vale pensar que não existe litoral, apenas uma navegação sem fim,
dispomos apenas de meios ínfimos de saber o que é verdadeiro — localmente, em territórios delimitados —, e de nenhum meio de saber o que é verdadeiro no absoluto,
nem de determinar se "verdadeiro no absoluto" faz algum sentido ou não, e, em caso positivo, sob quais condições,
a verdade suprema, derradeira e integral, se existir, nos é radicalmente inacessível,
ainda que a duração de nossa vida fosse multiplicada por dez, por cem, por mil, ainda que nossa inteligência e nossa memória fossem aumentadas em proporções análogas, em nada mudariam as condições básicas,
não se trata de uma questão de tempo, de capacidade e quantidade de dados

a única questão é abrir mão dessa ambição de conhecer “a” verdade e sentir a alegria liberada por essa entrega,
pois essa despedida não gera tristeza alguma, nem qualquer desânimo

abrir mão do saber absoluto *é algo jubiloso*
abre-se o périplo das surpresas, das curiosidades, das descobertas e viagens sem fim
como se pensa aqui? em que se acredita ali? o que se descobriu debaixo deste céu? que poder reina por trás dessas montanhas? em cada lugar, quem é venerado pelo saber, considerado sábio, tido como conhecedor de tudo que deve ser conhecido?
no fim das contas, pouco importa se são detentores de segredos realmente veneráveis ou pobres-diabos supersticiosos, o que me diverte e me interessa é que eles obriguem a adotar novas posturas mentais, permitam saborear ideias inéditas, suscitem passeios sem fim, de descoberta em descoberta,
antes as intermináveis aventuras das diferenças que o hieratismo imutável do verdadeiro,
se eu tivesse de dizer rapidamente o essencial, só o que realmente conta, o útil, sem gordura, sem revestimento nem molho, eu diria que se deixasse de lado esse velho desejo de chegar à verdade
enquanto ele continuar perseguindo e angustiando, será preciso buscar, questionar, vagar, qual é a resposta certa, o conhecimento garantido, a regra a ser respeitada? quem vale mais? será aqui ou lá? ou em outro lugar? como saber? como ter certeza? como parar de duvidar, de rodopiar, de cair de suposição em suposição?

existem naturalmente casos nos quais aparecem respostas certas, verdades de fato, certezas lógicas, demonstrações bem-conduzidas,
mas são apenas rochas isoladas, cercadas de oceanos de incerteza, verdades relativas a pontos secundários
a respeito dos que nos importam mais profundamente, logo somos devolvidos ao vagar sem fim, à perpétua dubitação
em vez de vivenciá-lo como inferno e pesadelo, mais vale transformar essa incerteza radical no inesgotável trampolim de uma alegria viva,
não é tão complicado assim,
existem no infinito parques de sonhos, castelos de ilusões, teatros de sombras, carrosséis de fantasmas,
sem verdade incontestável
mas esses parques e carrosséis são tão numerosos e diversos que nossa breve existência mal nos permite um início de descoberta, mas o suficiente para logo perceber que alguns agradam, outros não,
alguns desconcertam, outros entediam, encantam ou deixam indiferente,
e cada um, tendo aceitado que a vida não é busca da verdade, que não existe ou nos será sempre inacessível, optará por passear de uma doutrina a outra, interminavelmente,
como quem visita paragens distantes, saboreia receitas exóticas, mergulha em águas novas, deixando para trás o pathos da ignorância, seus malefícios, suas trevas ameaçadoras,
os grandes erros que cometemos nem sempre estão ligados à sua existência,

o saber nos leva a cometer tantos erros quanto a ignorância,
nós ignoraremos sempre a "palavra final", como se diz, dessa história na qual embarcamos,
temos de suportar essa ignorância, conscientes de que, no fundo, ela é irremediável,
muito embora convenha, evidentemente, no dia a dia, reduzir nossas lacunas, não recusar o progresso das ciências e técnicas
estou vendo a hora passar, encolher o tempo que resta, e opto antes de mais nada por legar dúvidas?
era necessário postular esse princípio de incerteza
para os animais que somos, defrontando-se com enigmas que permanecem insolúveis,
inteligentes o bastante para entender a existência das questões, mas não o suficiente para chegar a resolvê-las
o orgulho dos filósofos, ou pelo menos da maioria, leva-os a sustentar que a razão é suficiente para tudo, para conduzir o pensamento ao verdadeiro ou governar a vida, acabar com os percursos sem rumo, apagar os incêndios de todos os desregramentos,
o que, no fim das contas, não passa de uma loucura a mais, pois a verdade também gera paixões que cegam mais que esclarecem

em vez de adorar o verdadeiro, as ideias, a abstração, é melhor *amar os corpos sedosos*, os seres de carne e sangue, pensantes e falantes,
aconselhar a amar seria absurdo,
não é algo da esfera dos preceitos, das recomendações a serem feitas ou ouvidas,
cada um tem o impulso vindo de dentro, como a necessidade de respirar, se alimentar, dormir,
com a singularidade única de que esse dentro já é um fora,
o amor liberta cada um de si mesmo, para ligá-lo ao outro, constitutivamente,
é possível respirar sozinho, comer à parte, dormir sem ninguém
mas não amar
é sempre em si e fora de si, o outro primeiro
o amor é esse enigma que inverte tudo
é o inverso da dúvida, da ignorância, da razão
quem ama está na evidência,
na vida oferecida,
ninguém sabe como, ninguém sabe por quem,
simplesmente ali, presente,
sem contrário, sem verso,
como única maneira de não morrer,

amar e viver não são dois verbos distintos nem dois estados diferentes do corpo, apenas uma única e mesma intensidade de existência
por isso é que os filósofos quase nada têm a dizer de interessante sobre o amor,
esse saber não é para eles,
não contém nada a objetar nem a desconstruir,
nem argumento, nem pressuposto, nem dedução,
apenas uma evidência,
mais forte que as palavras, insensato e violento até na ternura,
os filósofos deviam deixar o amor tranquilo,
no fundo, não entendem grande coisa dele, pois nele, magnificamente, não há nada a entender!
é o que sempre constataram poetas, artistas e qualquer um, exceto os teóricos,
as teorias a respeito do amor dão vontade de rir, como petardos molhados, balões que caem, espelhos deformantes
o velho dito de Lao-Tse — "Aquele que fala não sabe, aquele que sabe não fala" — deveria ser aplicado ao que se tenta dizer sobre o amor, mais que sobre qualquer outro tema,
o amor leva a falar, com certeza, e infinitamente, mas nunca sobre si próprio,
sobre ele, não há em absoluto o que dizer,
realmente não sabemos por que amamos nem o que fazemos exatamente ao amar,
mais vale não dizer
"por que você me ama?", a pergunta necessariamente surge um dia ou outro, e não é fácil responder "francamente, não sei", resposta honesta mas desagradável, talvez até impossível de ouvir,

eis uma ignorância difícil de suportar, como aceitar que não sabemos nada verdadeiro sobre o que mexe conosco, nos abala, nos encanta com a maior intensidade?
como admitir que o desejo mais decisivo da nossa vida chega de surpresa, não se manifesta nunca onde o esperamos, se encaixa discretamente, desenvolve-se sem que entendamos nada, às vezes desfalece sem aviso prévio? o amor tem vida própria, inteiramente nossa e no entanto estranha, ele faz sonhar, ideia banal e curiosa, com uma perturbação contagiosa, vírus que nos modifica, "nós" e "não nós" ao mesmo tempo
o mais desconcertante, para quem pretende viver sob o controle da razão, e não é assim que os filósofos sempre sonharam viver?, é que o amor decididamente nada tem a ver com a razão, nem de perto nem de longe, incapaz de calcular, inapto para as meias medidas, tão profundamente tolo quanto sublime, ele sente, sonha, quer, imagina, projeta, arquiteta mas não pensa, pelo menos no sentido de uma atividade de reflexão metodicamente empreendida,
ele é feito apenas de polaridades, diferenças de potencial, discrepância entre paradoxos,
dir-se-ia que nunca tem realmente conteúdo, essência, natureza própria, e que, justamente, deriva daí seu infinito poder, o poder de um puro intervalo, uma pura passagem
por isso é que, em tantos discursos sobre o amor, o ódio entra de novo em ação,
o amor cometeria o erro de não saber o que faz, de se iludir a seu próprio respeito,
estaria eivado de contradições,
efêmero, julgando-se eterno,

dependente, supondo-se autônomo,
alguém lhe dirá que esse corpo que você ama hoje é belo, desejável, liso e luminoso, mas amanhã, daqui a pouco, mesmo e outro, estará ressequido, enrugado, flácido, repulsivo,
você o ama, não o amará mais
outro vai lhe dizer que na superfície esse corpo amado é deslumbrante, atraente, desejável, você se embriaga com o perfume da sua pele, a sua textura, a sua cor, sem pensar no que há por baixo, sangue, vísceras, humores, excrementos,
você ama apenas uma superfície, uma vertente da aparência, uma película
eis que aparece outro demolidor de ilusões, um terceiro raciocinador para explicar que você em nada influencia o que acontece, nem tampouco o outro,
você julga amá-lo pelo seu esplendor único, acha-se incomparável no olhar dele, mas se trata apenas de uma artimanha da espécie para se perpetuar, uma questão de hormônios, de genes, de ciclos da natureza, e aquele que sabe pode simplesmente achar graça, o sentimento não passa de um grande engodo!
esses três sarcásticos não dizem exatamente a mesma coisa, mas têm algo em comum: denunciar, no amor, uma ilusão,
toda vez, uma parte da realidade seria equivocadamente tomada por sua totalidade
de acordo com o primeiro, você enxerga o presente, mas esquece os estragos do tempo, a chegada em breve da desilusão do amanhã,
o segundo sustenta que você vê a superfície mas esquece o pano de fundo, a face oculta do corpo, seus aspectos desagradáveis, a sujeira escondida,

o terceiro afirma que você se julga livre e singular, vivendo uma paixão que envolve apenas vocês dois, mas ignora a natureza, os mecanismos da vida, a força obscura que age em você,
nos três casos, portanto, corrigir o erro seria situar de novo a parte no todo, o presente no decurso dos anos, a beleza de superfície no conjunto do organismo, a história de amor na sobrevivência da espécie,
como se fosse necessário a qualquer preço não se deixar enganar e, para se desiludir, olhar em outra direção, mais longe, de mais alto, de um outro ponto de vista,
então, finalmente, o amor-erro se dissolveria no saber-verdade,
esses argumentos e outros equivalentes não passam de tolice, vinganças pérfidas, bobagens desprezíveis
qualquer tentativa de ver o amor de fora está fadada ao fracasso, pelo menos para os que o sentem,
o erro inicial é considerar os apaixonados não só suscetíveis de ouvir argumentos como simplesmente capazes de sair um segundo que seja do seu amor,
de fato é possível observar um(a) apaixonado(a) de fora, sem compartilhar sua paixão, espantar-se com sua cegueira, rir ou chorar ante sua estupidez, sua ingenuidade, sua candura,
mas, justamente, só é possível não estando no seu lugar, nada sentindo do seu amor,
em compensação, o que é impossível, absolutamente impossível, é estar ao mesmo tempo num amor e fora dele,
é tão inviável quanto estar ao mesmo tempo num compartimento e fora dele, dentro da cabeça e fora dela

claro que se pode deixar de sentir, constatar que é o caso de guardar no armário dos amores mortos os que ainda ontem estavam vivos, o que às vezes faz gritar, à noite, mata a gente, ou então faz rir, em geral acaba cicatrizando,
mas o processo é interno, a história acontece com o amor de dentro, crescimento ou declínio,
nunca é um acontecimento que vem de fora, nem muito menos consequência de uma argumentação!
então, se só me restasse uma hora de vida, eu gritaria que o amor é a única coisa que vale a pena no mundo, berraria como aquele resistente antes de ser atingido pelas balas nazistas: "Viva o seio da mulher!", e pouco estaria me importando se alguém visse nisso loucura, miragem, equívoco,
pois o desvario amoroso é a nossa única âncora, sem limite e sem exterior,
única força em meio à infinidade de nossos erros
se você ama, será que vai parar por causa de algumas rugas? pelo contrário, as metamorfoses do corpo do outro, em última análise, o comovem e enternecem, não podem causar-lhe repulsa, nem muito menos levá-lo a deixar de amar!
o pseudoargumento da repulsa pressupõe estranhas fronteiras,
eu gosto dos seus olhos, mas não do seu apêndice intestinal, derreto-me ouvindo a sua voz, mas o seu lobo parietal me dá náuseas,
onde é que vão buscar esses limites absurdos?
o amor engloba tudo, cera de ouvido e excrementos, lascas de unha, peles mortas e cabelos, cerebelo e pâncreas,
qualquer restrição aqui é absurda

o amor nunca faz triagem, ignora as distinções da vida corrente,
"limpo" ou "sujo", "digno" ou "indigno", "rico" ou "pobre",
mas existem gostos e desgostos, impulsos e repulsas, apetites e rejeições,
no fundo, trata-se de um mal-entendido,
o corpo que deseja, aquele que faz amor, não é o mesmo que pratica esportes ou jardinagem, ou o que é examinado pelo médico
o corpo amoroso transfigurado, glorioso, se vive como imortal, diáfano, todo-poderoso, inteiramente místico e inteiramente carnal, tão longe do corpo orgânico que lhe é incomensurável,
quem sente e reconhece o quanto esse corpo amoroso é infinitamente diferente do corpo orgânico não ouve mais qualquer dos argumentos sarcásticos,
a velha encarquilhada não diz nada contra a jovem gloriosa,
os excrementos não têm poder algum sobre a beleza,
as artimanhas da espécie não vão de encontro à paixão dos amantes,
não são coisas da mesma ordem,
são universos radicalmente diferentes, totalmente distintos e separados,
não se cruzam em lugar nenhum

mas é preciso viver *sem esquecer o ódio*
se houvesse apenas o amor, talvez o mundo fosse mais simples
muito embora...
mas não seria, naturalmente, o mundo que conhecemos, o único que é real e no qual também existe, profundamente, o ódio, com mil rostos
a vontade de destruir,
gosto obstinado do dilaceramento,
insaciável propensão à desagregação
desunindo o mundo desde que existe um mundo
o velho Empédocles tinha razão ao considerar o amor e o ódio as duas forças antagônicas do cosmos: uma trabalha pela unidade, aproxima, liga, junta, agrega, atraindo elementos e seres distantes, força de coesão,
a outra afasta, desvincula, desfaz, desorganiza,
força que separa, distancia e dispersa
entre as duas forças, não tem fim o conflito,
de seu combate eterno decorrem as transformações do mundo, paz e guerras,
a essa antiga intuição, Freud confere uma nova dimensão, apresentando Eros e Tânatos (Amor e Morte) como as forças em luta na economia do nosso psiquismo e na história da civilização, constituídas ambas de processos de coalizão e dissociação

o grande erro é acreditar poder livrar-se para sempre do ódio, ou simplesmente denegri-lo, considerá-lo mau em todas as circunstâncias

temos de reconhecer que existem alegrias do ódio, como existem alegrias do amor,

os prazeres da destruição também fazem parte das nossas fibras, habitando nosso ser mais íntimo,

estaríamos cometendo um grande erro ao deixar de reconhecê-lo,

é um mau preceito aquele que recomenda ignorar o prazer que sentimos em destruir,

William Hazlitt, um dos meus ingleses favoritos, observa em *O prazer de odiar*: "Sentimos um prazer perverso mas venturoso em ser maus, pois é uma fonte de satisfação que nunca se esgota" sem escamotear essa satisfação, e inclusive frisando que o ódio é um extraordinário motor da ação, uma fantástica máquina de estímulo, que de modo algum deve ser subestimada nem desqualificada, a boa questão consiste em saber como aceitar o ódio, e mesmo utilizá-lo, sem por isso deixar que domine, destruindo tudo,

não chego a pensar, como Hazlitt, desta vez próximo de Freud, que "o maior bem possível para cada indivíduo consiste em fazer todo o mal que possa ao seu próximo", mas considero necessário proclamar maldades desse tipo, pois elas induzem a tomar cuidado com o contrário,

uma afirmação excessiva e espantosa incita à oposição,

se alguém afirma que a vida é odiosa, a infelicidade, generalizada, a sinceridade, inexistente, a confiança, impossível...

a vontade de rir torna-se grande
ninguém acredita em tanta treva, mas ela tem o mérito de atrair a atenção para os fachos de luz,
graças ao escuro, tudo clareia!
sejam negativos!, alguma alegria sempre decorrerá...
de fato, não existe maneira de permanecer indefinidamente numa vertente ou na outra,
seja no amor ou no ódio, no claro ou no escuro, no prazer ou na dor, para não falar de outros pares fundamentais,
pois *os opostos estão presentes juntos* sempre, em toda parte
Heráclito, velho filósofo grego, o dizia à sua maneira: "O caminho que sobe e que desce é um só e o mesmo",
ao subir a ladeira, você terá de se esforçar, mas para aquele que caminha em sentido contrário, ou para você mesmo quando passar por ali na volta, o caminho desce,
é claro que há apenas um caminho, sujeito a duas avaliações opostas, ambas baseadas no real
não basta acreditar que existe uma realidade fora de nós, ora vista como sombria, ora como clara, pelo pessimista ou pelo otimista, como se essas duas vertentes dependessem apenas do nosso olhar e do nosso humor
o único caminho, ao mesmo tempo, sobe e desce,
não são nossas maneiras de ver que divergem,
na própria realidade existem duas faces, duas vertentes, dois lados,
é, portanto, indispensável habituar-se a ver sempre duplo

cultivar um olhar atento aos opostos, aos contrastes, à permanente tensão do mundo, pensar continuamente que aquilo que vemos "cheio" pode ser visto "vazio", o que consideramos "bem" pode ser considerado "mal", que prazer e dor se entrelaçam, assim como riqueza e pobreza, coragem e covardia, amor e ódio,
esses opostos jamais habitam paragens estrangeiras
quem é bom, corajoso, alegre e claro também pode ser, ao descer o caminho, ruim, covarde, triste e sombrio
essa dupla visão precisa ser cultivada, para que se tenha uma visão exata, tridimensional, da vida e do mundo,
mas essa maneira de pensar não é espontânea
pelo contrário, a tendência a ver apenas uma face das coisas, a considerar primeiro exclusivamente um lado do mundo é a que domina,
este enxerga "tudo sombrio", seu vizinho, "tudo róseo", uns se dizem saturados de ódio, tristeza, desespero, outros afirmam nadar na alegria e na felicidade
são raros os que constantemente sustentam juntas as duas vertentes,
e no entanto não há nada mais enganador que as visões unívocas, nada mais leviano que dizer "isto está bem, e portanto não há nenhuma sombra", "aquilo está mal, e portanto não há luz",
o mundo não funciona assim,

é constantemente tecido de trevas e sol,
não basta distinguir essa tensão, é preciso assumi-la, suportá-la, trazê-la em si, aprender a não se desfazer dela,
parece mais simples e confortável convencer-se de que o mundo é feito de um só bloco,
mas é mais interessante,
e libertador,
conservar a tensão do mundo, permitir que ela se manifeste em cada gesto, cada instante,
está tudo delicioso, em plena paz? por que negar por isso a miséria do mundo, a dor e o horror? quando vem o desespero, por que deveriam desaparecer do horizonte a alegria, a doçura, a ternura?
nada supera essa tensão dos contrários,
inútil tentar inventar uma dialética que prometa a resolução desses conflitos,
eles podem evoluir, metamorfosear-se, assumir novas formas, mas em caso algum nivelar-se definitivamente
claro que, às vezes, um leva a melhor, às vezes, o outro,
mas jamais um deles dissolve o outro nem o engloba, fazendo-o desaparecer
a tensão persiste,
ela é a própria realidade, não pode ser superada nem eliminada
se acontecesse de uma das vertentes levar a melhor,
se um único elemento viesse a dominar,
resvalaríamos para um universo que nada teria a ver com o nosso
vejo-nos, portanto, presos a um mundo no qual se enfrentam permanentemente dualidades em tensão, onde os antagonismos de forças opostas nunca cessam,

sei que estamos destinados a desaparecer sem apelação, desprovidos de qualquer possível acesso a um conhecimento supremo, para sempre separados de uma verdade absoluta, primeira ou última,
não podemos dizer que seja alegre,
certamente pareceria desesperador se esse desespero não gerasse alegria
eu detesto lamentações, abatimento, macerações tristes, o cultivo do pessimismo
esses becos sem saída transformam-se em caminhos de animação, a impossibilidade de conhecer pode tornar-se causa de alegria, a tensão do mundo, em fonte de sabedoria, o absurdo, em motivo de riso
na dúvida generalizada, na incerteza absoluta, na ausência de referências, existem, apesar de tudo, contra toda verossimilhança, bússolas indicando onde está a vida,
a melhor, a mais plena, e não só "vivível", mas efetivamente bela, desejável e divertida

escolher a vida, o tempo todo, em toda parte
apesar do vazio, da morte próxima, da impossibilidade de garantir alguma coisa,
com o amor e outras forças,
é a única saída
um dia, já faz muito tempo, fizemos uma brincadeira com alguns amigos filósofos
supondo-se que cada um de nós pudesse viver de novo sua vida, atravessasse novamente sua existência, exatamente semelhante à que acabava de experimentar (naturalmente, tendo-se apagado todas as lembranças), revivendo seus fracassos, suas angústias, suas preocupações, mas também as alegrias, as descobertas, os êxtases...
a resposta seria "sim" ou "não"?
sem hesitar um segundo, eu respondi "sim",
de bom grado eu viveria novamente a minha vida, sem mudar nada
para minha grande surpresa, os amigos presentes, filósofos, e não eram filósofos quaisquer, disseram "não"
aquelas pessoas falavam da felicidade, só tinham sabedoria na ponta da língua, arvoravam-se até em conselheiros dos outros, mas uma vida lhes bastava perfeitamente,
uma segunda já seria demais para eles!

nesse dia, eu entendi o quanto eles detestavam a vida, recusavam-na,
a experiência que dela haviam tido os deixara convencidos de que não valia a pena
se eu respondi "sim", foi porque o simples fato de viver sempre me pareceu em si mesmo desejável, incrivelmente milagroso
presença doada, indefinidamente renovada,
caixinha de surpresas inesgotável e sem fundo
de tal maneira que jamais me passaria pela cabeça não começar de novo,
não sei se o balanço da minha vida é "globalmente positivo", como diziam os comunistas sobre o regime soviético,
mas essa vida encarna, como todas as vidas, um apetite que se basta, que só pode desejar, que se empenha em recomeçar, continuar, prosseguir, indefinidamente
de modo que eu sempre estarei disposto a uma segunda vida,
uma terceira,
uma quarta,
um número indefinido de existências,
todas semelhantes àquela que já vivi,
mesmos prazeres,
mesmos sofrimentos,
eu ficaria de novo com o pacote todo,
sempre e sempre e sempre
o que prende à vida é um apetite, como dizia Spinoza, desejo interminável, feroz, surdo, voraz, vontade de sempre e de mais, persistência sem freio nem lei, de cem formas, de mil rostos, capaz de quase tudo para perdurar,

sua ferocidade é essencial, mas o "quase" (em "capaz de quase tudo"), também
esse desejo inoxidável permite resistir no auge do pior, leva a suportar sofrimentos, doenças e desgraças,
sem a persistência e a fúria desse apetite originário, cada um acabaria com a própria vida à primeira dificuldade, à menor mágoa
mas não, mesmo quando nada dá certo,
mesmo quando tudo é penoso, pesado, simplesmente insuportável, o animal se agarra, persiste, cerra os dentes,
ele se mantém preso à existência, e é extremamente raro que seja de outra forma, não é frequente que tudo se deteriore de tal maneira que a pessoa se mate ou se deixe matar, que alguém mate, ferozmente, para sobreviver
mas o fato é que o vínculo com a vida não diz respeito apenas ao nosso organismo, não é a nossa sobrevivência que ele escolhe de cara, invariavelmente
esse vínculo também é um vínculo com os outros,
nós nunca temos como saber ao certo quem levará a melhor, nossa pele ou a dos outros, de tal maneira estão imbricadas, sem mesmo poder ser distinguidas, em função do momento e das circunstâncias
se não fosse assim, não daria para entender salvamentos em alto-mar, socorro nos incêndios, solidariedade em terremotos e tsunamis, todos esses incontáveis casos em que seres humanos salvam seres humanos pondo em risco a própria vida, embora nada saibam daqueles que correm perigo
em tais circunstâncias, ninguém fica em dúvida,

ninguém pergunta: quem são essas pessoas? elas merecem viver?
será o caso de arriscar tudo por elas?
a criança vai cair no poço, o passante se dá conta, atira-se para segurá-la,
sem procurar saber quem são os pais nem por que a criança está brincando ali, sem dissertar sobre a salvação como boa ou má ação
Mêncio, o filósofo chinês que dava esse exemplo no século II, já sabia que esse tipo de dúvida é obsceno, não pode haver espaço para ele
o passante se atira, agarra a criança
sem pensar, sem refletir,
e qualquer ser humano pode fazer o mesmo, em outras circunstâncias,
esse vínculo humano leva a melhor sobre a subjetividade, o ensimesmamento do indivíduo, o suposto egoísmo dos sujeitos
ele permite entender que existem muitas situações em que nossa própria vida fica em segundo plano, nas quais nossa sobrevivência, nosso interesse, nosso conforto ficam entre parênteses, nas quais morrer não passa, a rigor, de um efeito secundário da ação
isto se aplica às ações de salvamento, mas também a muitas guerras, lutas armadas, combates políticos ou religiosos, antigos ou modernos
os seres humanos não param de inventar, ao longo dos milênios, razões de viver mais elevadas, a seus olhos, que sua existência singular e sua sobrevivência individual,
antes morto que escravo,
antes morto que humilhado, vencido, ocupado, clandestino, submisso

antes morto que privado de direitos, de fé, de honra, de liberdades, de dignidade
o esquema parece sempre igual: razões de viver levam a melhor sobre uma sobrevivência delas destituída, através de crenças, combates, épocas e contextos irreconciliáveis
caberia ver nessa radical exigência um sinal da loucura humana?
uma velha ladainha desencantada quer levar-nos a crer que sim, repetindo com presunção que não se justifica morrer por nenhuma ideia
dar a vida por uma religião, uma política, uma nação, uma causa, qualquer que seja, seria prova de loucura
todo heroísmo seria então filho da cegueira e da estupidez
e seriam depreendidas daí estranhas consequências:
quem reflete não deveria mais acreditar,
deveria acabar sempre protegido, indiferente, vitorioso sobre as ilusões e o fanatismo,
sensato, securizado, preservado das miragens
mas uma vida assim é covarde, defendida, cinzenta
ela se proclama mais humana, mas ao preço da indiferença e sobretudo da indignidade
eu vejo as coisas de outra maneira

os seres humanos são grandes por sua loucura
necessariamente insensatos, não se pode negar, mas é esse o seu destino
pode-se atribuir o quanto se quiser de culpa à insensatez
a suas paixões religiosas, seu fanatismo político, suas exigências revolucionárias, seus sistemas do mundo,
chamar a atenção para o absurdo e o ridículo de suas superstições, de suas supostas revelações, de sua magia disfarçada, de suas utopias, de seu mundo perfeito, de sua justiça delirante
tudo isso é certo, mas não há saída para essa loucura
pior ainda: a própria razão é uma de suas manifestações, achar que é possível viver totalmente de acordo com a razão, que possa ser abolida toda insensatez, não passa de mais uma loucura
Pascal o sabia: "Os homens são tão necessariamente loucos, que seria ser louco de um outro tipo de loucura não ser louco"
é preciso recuperar esse velho tema da loucura humana
a loucura banal, comum, corrente,
no sentido de Erasmo, Pascal e consortes, longe dos sofrimentos que devastam certas vidas
foi um equívoco deixá-la de lado, tendo a razão ocupado toda a cena

esse poder descomedido da razão foi criticado, o que, no entanto, não bastou para revivificar o antigo discurso sobre a insensatez, sempre presente no pensamento da Antiguidade ao Renascimento
e no entanto não deveríamos cansar-nos nunca dessa loucura dos humanos
a razão é monótona, rapidamente se torna tediosa, não obstante suas grandes pretensões e seus amplos poderes, ou por causa deles
mas a loucura! que maravilha, a loucura! nunca em falta, indefinidamente engenhosa, inventiva, diversa
a razão é uma, a insensatez, infinita
em suas formas, suas manifestações, seus adornos
cabe, portanto, encarar os seres humanos sempre sob o ângulo em que se mostram embriagados de delírios, tontos com seus sonhos e ilusões, prontos para abraçar uma sórdida mistificação, dispostos a seguir com entusiasmo uma obscura tolice
condição para sobreviver com jovialidade: considerar a humanidade
inclusive o que ela tem de mais elevado, mas respeitável, mais renomado, inclusive suas instituições fundamentais, seus heróis ilustres, seus grandes homens como um pavoroso amontoado de malucos, alucinados, dementes furiosos
tomar os gênios por doidos, os criadores por doentes, os reis de todos os domínios por perigosos alucinados,
é este o método
ele é excessivo, parece evidente,
e portanto deve ser empregado com precaução,

mas garante que não seremos arrastados logo de entrada por alguma cândida admiração
é antes de mais nada o gênio inventivo do delírio que mais devemos admirar, sua infinita capacidade de forjar ilusões novas, enfeitar as antigas, negar as contradições, renegar a realidade e até o simples bom senso
se os seres humanos têm um ponto em comum, independentemente dos séculos, das línguas, dos avanços técnicos, é esse poder de fabular, de inventar mundos fictícios e conseguir viver neles, de maneira mais ou menos completa, e não no real
e assim eles avançavam, desorientados e titubeantes, de olhos nas estrelas, os pés na água, tateando, as mãos esverdeadas, eternamente
esses macacos loucos, por demais inteligentes para não perceber a estranheza do seu destino, mas não o suficiente para elucidá-lo, animais dignos de pena, grandiosos no seu gênero, risíveis e perturbadores, fraternos assassinos, apóstolos criminosos, jamais me cansarei deles, tanto os amo
eu sempre tenho fome de humanos, um grande apetite por suas infinitas maluquices, mas não que os ame propriamente, não sou cristão bastante para isto, mas desejo o tempo todo as pavorosas surpresas que eles inventam sem parar
se só me restasse uma hora de vida, portanto, eu dedicaria um momento a lembrar que os seres humanos são loucos, que deliram a existência, arquitetam por qualquer motivo — sobre o mundo, o além, o bem e o mal, o verdadeiro e o falso, a vida e a morte e muitos outros temas desse mesmo quilate — uma infinidade de teorias vagas, hipóteses absurdas, explicações capengas, certezas

medrosas, convicções criminosas e doutrinas ora terríveis, ora ridículas, e às vezes as duas coisas ao mesmo tempo
claro que eu não me isento desse asilo universal
fora de questão alegar que eu estou de fora, em outro lugar, imbuído de não sei que superioridade desdenhosa, não estou aqui para contemplar com desprezo, do alto da minha lúcida sabedoria, o bando vacilante dos meus semelhantes cegos
pelo contrário, reconheço que também deliro como qualquer ser humano, desde sempre
inclusive reivindico essa condição de animal insensato, pois ela é insuperável, irremediável, contra toda expectativa, ela constitui a nossa grandeza
não podemos sair dela, em virtude do radical defeito de nossa capacidade de conhecer
por não saber, devemos sempre imaginar, tapar os buracos do nosso conhecimento com nossa fantasmagoria, nossos pesadelos e utopias
aí é que está a grandeza humana, a especificidade da espécie, seu gênio incomparável e patético,
ninguém escapa a essa absoluta necessidade: forjar ficções, elaborar mitos, histórias, grades de interpretação, máquinas de produzir sentido
essas máquinas funcionam a pleno vapor, funcionam e disfuncionam constantemente, de maneira grandiosa, assim se constrói a história, desprovida de todo progresso, mas indefinidamente diferente
de onde vem semelhante obstinação em forjar fábulas?

que irreprimível necessidade leva os seres humanos a inventar ficções para abordar o real?
tenho um delírio disponível a esse respeito
parece-me que os seres humanos não se dirigem apenas uns aos outros, não recebem mensagens apenas uns dos outros, mas têm a pretensão de "se dirigir" simplesmente, de "receber" simplesmente
por mais que essa atitude seja onipresente, parece difícil de descrever
talvez fosse o caso de dizer que um interlocutor ausente se impõe a nós, marcado pelo signo do infinito, não necessariamente qualquer um, uma pessoa, uma figura ou uma consciência, mas uma dimensão que atravessa todas as nossas experiências, todos os nossos discursos e relações
nas histórias delirantes dos seres humanos perfilam-se sempre o infinito e a ausência
os humanos, e só eles, se reconhecem nessa cavidade do real que visivelmente não é explorada por nenhuma outra espécie
esse buraco na compacidade do mundo também permite a beleza

o infinito e o belo são gêmeos,
unidos por laços estreitos
de modo que, no fim das contas, parece estranho que os seres humanos tenham todos eles, de maneira tão comum, repetida, sem que se transforme em hábito nem dependência, o sentimento de que a Terra é bela,
na banalidade anônima dessa emoção há um enigma, antigo e atual, que não é elucidado, e provavelmente não pode sê-lo, mas tampouco pode ser negligenciado
basta muito pouco, pôr do sol, recorte de nuvens, aurora na montanha, cintilação das ondas, horizonte azul, vermelho, marrom, cinzento, florestas densas, estepes áridas, dunas alaranjadas...
oferecidos em profusão, uma infinidade de panoramas habituais provocam essa emoção intensa, sugerindo que algo está fora do nosso alcance, não sabemos o quê, familiar e surpreendente, como se essa beleza do mundo sempre nos espantasse realmente,
oferecida pela primeira vez, surgindo de surpresa pela milésima vez, às vezes esmagadora, sempre impressionante e perturbadora
"que bonito" é uma expressão que se torna misteriosa quando alguém a pronuncia a respeito da natureza
pois ela afirma, sem poder explicar, uma conexão originária entre o nosso senso estético e o mundo

nada nos impede de pensar que possamos achar a Terra feia, ou que ela nos seja indiferente, só ficaríamos comovidos com obras humanas, formas artisticamente criadas, espetáculos compostos
mas não é o caso
pelo contrário, estamos perpetuamente embasbacados com a natureza, terrestre ou cósmica,
matagal ou galáxia, enseada discreta ou buraco negro, vale ou anãs brancas, gigantes vermelhas ou aurora boreal, tudo isso torna nossas agitações infinitesimais, nosso nervosismo, irrisório, nossa angústia, risível
toda vez que entrevemos a imensidão, os abismos, a radical estranheza da matéria mais próxima, impassível e inacessível, uma maneira de ver vertiginosa torna-se possível, e às vezes se precisa um pensamento do imutável,
um imutável em movimento, em devir
cujo caráter imóvel, paradoxal, decorreria do seu eterno rodopiar
como dizer?
está na fronteira do que pode ser enunciado
seria necessário entrever que nada se mexe, nada muda, muito embora tudo se mova em todas as direções, explodindo, brotando

seria necessário, para voltar à história humana, imaginar que *as revoluções ficam dando voltas*, como as revoluções dos astros,
na juventude, eu achava que a revolução era uma boa coisa, e que era possível
sonhei perdidamente, e não era o único, com uma transformação absoluta, um grande estrondo abrindo caminho para a felicidade
o mundo mudaria de alicerces, a razão trovejava em sua cratera, teríamos de sacrificar alguma cabeças, supostamente degradadas, mas a bem da salvação pública
mas acabei pensando de outra forma
o gentil Montaigne, homem tão doce, um mestre cujos sábios conselhos e os enormes méritos são festejados dia e noite, explica que um costume bem-estabelecido, ainda sendo injusto ou insensato, vale mais que os riscos imprevisíveis gerados pela sua abolição,
mais valeria, portanto, a lei ruim que se fixou na prática, reforçada pela pátina dos séculos e o hábito de todos, que a novidade supostamente bem-concebida,
a aplicação desta vai desorganizar o que está estabelecido, com repercussões incontroláveis, eventualmente desastrosas, e até mesmo catástrofes amontoando cadáveres
essa ideia de que é preferível não mudar certamente nos choca

no fundo de nossas fibras, de nossos julgamentos habituais, encontra-se sempre essa convicção de que é necessário agir, de que algum progresso é possível

o fato de me aproximar de Montaigne nessa questão deixou-me inicialmente surpreso, parecendo quase vergonhoso, como se eu passasse de repente a encarnar o que sempre detestara

mas eu reconheci, sem possibilidade de recuo, que era necessário desconfiar das utopias, dos sonhos radicais, das posturas destruidoras da rebelião

sem por isso tornar-me conservador

pois o fato é que ninguém nunca deseja realmente deixar as coisas como estão

num mundo desigual e iníquo, sacralizar o imobilismo e diabolizar a mudança são atitudes idiotas, irresponsáveis

a dificuldade está na delimitação entre o que vale a pena subtrair às tentativas de transformação e que pode sem prejuízo ser transformado

às vezes evidente, essa delimitação muitas vezes é impossível, ou malcompreendida, malconduzida

pois a humanidade é sempre jovem, no sentido de que os seres humanos vivos acabam de nascer, de que a maturidade não é acumulável nem mesmo realmente transmissível, ao contrário dos conhecimentos objetivos, científicos e técnicos

claro que assistimos à construção de movimentos de solidariedade, de sistemas de segurança, de zonas de paz relativa

eles parecem-me frágeis, temporários e sobretudo locais,

a recente Europa, por exemplo, provavelmente é um parênteses na história, uma bolha de cansaço e convalescença, uma casa de repouso para povos já sem forças

lá fora, vale dizer, praticamente no mundo inteiro, a regra dos combates continua em vigor, a violência segue seu curso,
com a diferença de que a força destruidora torna-se inconcebível, enquanto a demência humana mantém-se idêntica
devo então me consolar, já que só me resta muito pouco tempo, pensando em todos esses males dos quais escapo?
não dessas misérias de todos os dias, chagas permanentes da condição humana, que de bom grado eu continuaria suportando,
estou pensando nos novos terrores gerados por uma potência recente,
a lista é longa e bem conhecida: pandemia de vírus mutantes, acidentes nucleares, manipulações genéticas, fanatismos vitoriosos, desequilíbrio dos ecossistemas, da biodiversidade, do clima, da alimentação, da higiene...
não sou adepto do catastrofismo, sinto náusea só de pensar em cultivar a preocupação, como gostam de fazer tantos contemporâneos meus
gosto da técnica, não considero que seja em si mesma maléfica nem demente
de tanto ver a agitação de militantes não muito inteligentes, às vezes me dá vontade de gritar: "Viva os OGMs! Viva as nanotecnologias! Viva a energia nuclear! Viva o gás de xisto!"
seria agir estupidamente, é verdade, pois é evidente que existem inconvenientes nessas técnicas
mas nem tudo nelas é tampouco tão terrível quanto proclamam aqueles que se mobilizam contra elas sem debater nem se informar

o que me preocupa não é uma tecnologia, na realidade, neutra e globalmente benéfica,
mas os seres humanos, que considero em seu conjunto ignorantes, crédulos e dementes, e aos quais a técnica oferece hoje poderes nunca vistos
donde esse sentimento de ver o mundo regredindo quando as disciplinas científicas avançam, a barbárie se ampliando à medida que a civilização aumenta, a estupidez se implantando quando as comunicações se intensificam
donde meu receio de um futuro sombrio
não está excluída a possibilidade de grandes massacres, de confrontos pavorosos, de horrores que fariam parecer insignificante tudo que já foi cometido
eu posso desejar que a humanidade sobreviva, se calme, se esclareça, se eduque
mas não acredito muito, incapaz de descartar a eventualidade de um naufrágio completo
neste sentido, deixar de ver a continuação do filme podia ser uma espécie de alívio
mas qualquer coisa, menos cruzar os braços, sair correndo
será que não seria possível parar de dizer apenas "sim" ou "não"?
a recusa sempre é muito prestigiada,
toda uma mitologia do não e da resistência está à disposição
mas pensar não é apenas "dizer não"
é também concordar com a evidência, com o que é, com os simples fatos, parar de resistir, aceitar não ter razão
recusa resistente e aquiescência pacificada sempre deixam em vigor o não e o sim

parece-me que deve ser possível ir além
sem anulá-los nem combiná-los
enxergar mais adiante, em outro lugar
onde não se diz mais não nem sim
nem à vida nem à morte
encontrar algo parecido com um "é assim", do qual tenho agora a sensação de me aproximar
aí está
sem que haja um caminho
apenas a expectativa de uma outra clareza

eu sei que *agora estou chegando ao fim do fim*
ao fim desse exercício da última hora, estada à beira da morte, ficção mais reveladora que o real, pois aquele que agoniza realmente não está mais em condições de pensar, tudo já se passou, sem ele, ou bem ao lado, de banda,
mas eu, pelo contrário, não queria perder o confronto, e a única solução era antecipá-lo,
o problema da morte não reside nos fatos, mas no que pensamos deles,
mas nós pensamos cada vez menos na morte, preferindo desviar o olhar, falar de outra coisa, cuidar de qualquer coisa, desde que sejamos impedidos de refletir a respeito,
essa falsa despreocupação não nos leva a perder de vista a morte, mas o essencial da vida
só que desta vez eu sei que vai acontecer
e não tem mais essa de filosofia, de belas considerações sobre o aprendizado da morte, da serenidade, da indiferença do sábio, da plenitude do mais ínfimo instante
eu já sou apenas vontade de chorar, suavemente, no chão, sem força, desmoronado, sem gritar, baixinho, sem uma palavra, sem mesmo uma ideia, sem emoção propriamente dita, sem sentimentos nem o que quer que seja, simplesmente aniquilado,

aterrado, incapaz do menor gesto, praticamente sem pensamento, quase coisa, esmagado pelo de cima, achatado, exaurido, paralisado, esvaziado, triturado, como que espancado, tonto, sem cabeça, de cabeça vazia

tão vazia que não há mais nada, à parte essa coisa no chão, imóvel, sem energia, liquefeita, a ponto de se desfazer, ainda não morta, mas tampouco viva realmente, silêncio, silêncio imóvel, consternação, uma lágrima, nem isso, não mais, bestificado, perdido, muito tempo assim, provavelmente, não sei, não sei mais, o senso do tempo também se foi, mais um momento apenas, um último, o derradeiro, vou perder tudo, não faz sentido, se for verdade é de matar, e depois...

tempo, desta vez, é o que eu não tenho mais,

o prazo foi estabelecido e está chegando,

eu sei que, a partir do momento em que nascemos, não importando o que façamos, isso acaba chegando, eu sei desde o início, mas esse saber é impossível,

sua certeza não tem conteúdo,

eu sei que vou morrer, mas não sei o que me espera, o que isso significa, o que ocorrerá,

eis um pseudoconhecimento, um pretenso saber que não permite apreender nada,

a situação mais estranha que pode haver,

cada um de nós morre pela primeira e última vez, sem saber do que se trata,

esses filósofos me fazem rir, com esse absurdo e velho projeto de “aprender a morrer”,

como se fosse possível aprender o que não se repete,
algo de que só desejamos ter uma experiência única e intransmissível,
a morte não pode ser ensinada,
não pode, em sentido algum, de maneira nenhuma, ser objeto de algum tipo de treinamento
só o que se pode, contemplar é preparar-se para fazer boa figura,
condicionar-se para atravessar com dignidade a suprema prova,
a luta final, o suposto combate da agonia, essa palavra que lembra guerra e confronto,
uma longa tradição encarava a morte como o momento da verdade, crucial, definitivo, no qual se "vê o fundo do pote", como dizia Montaigne,
para nós, essa fábula se apagou, ninguém mais tem a ambição de se sair bem na saída, de fechar a cortina como herói, nós morremos ao acaso, à parte, sem brilho nem luta nem lustre,
um hospital, tubos, uma porta no fundo de um corredor sem janelas, saturado de cheiro de desinfetante,
nada a ver com o Renascimento,
havia uma multidão no quarto dos moribundos
alguém estava morrendo? naquela casa, no primeiro andar, na janela da esquina? todo mundo entrava, espiava os cômodos, charlava, sustentava o combate, se aglutinava ao redor do agonizante,
mas hoje, quem haveria de dizer: "Venha, alguém está morrendo, vamos dar uma volta"?
a maior dificuldade é a continuidade entre negação e desespero, entre obsessão e anulação,
pois tudo oscila,

ou bem a morte não existe mais, segundo se acredita, está esquecida, anulada, apagada, nós nos achamos eternos como deuses,
ou então tentamos fixá-la, e as lágrimas queimam, toldam a visão, desfazem, deformam o espaço, a morte provoca esse abominável medo na barriga,
daqui a pouco, eu nunca mais voltarei a ver o sol nem a noite, nunca mais ouvirei a respiração dos entes queridos, a voz dos amigos, o sussurro das ondas na areia à noite, o grito da ressaca nas rochas quando o vento sopra forte, nunca mais terei na pele a suave tepidez da mulher cuja vida compartilho e que compartilha a minha, nunca mais vou gozar,
fim dos êxtases, dos sabores, dos perfumes, das ideias, das palavras, dos motivos para gemer, bater os dentes, gritar de medo, em vão, naturalmente,
já que a minha fúria triste jamais será capaz de alterar o prazo em um segundo sequer,
este lamento é para uso interno, só tenho olhos para mim mesmo, a minha terrível sorte, estou girando feito um deprimido ao redor do meu umbigo...
todas as outras vidas irão em frente, as vidas dos amigos e parentes, dos meus concidadãos, de todos os seres humanos,
a vida dos tucanos e dos cães, dos monstros dos abismos, dos lemurianos e das violetas de Parma, e também a do presunto, sem que eu tenha escolha entre rir ou chorar
a verdadeira dificuldade é o cursor,
o negócio que dá equilíbrio, o meio de dosar pânico e serenidade, a alavanca de zenitude,

acho que a perdi,
talvez nunca a tenha tido,
não devemos acreditar no que dizemos, no que eu disse, quis fazer crer, e provavelmente acreditei eu mesmo, no fim das contas, não estou calmo nem sereno nem tranquilo nem firme, nada disso, em absoluto, pelo contrário, perdido, desorientado, desamparado, sem rumo nem condições de aguentar o golpe, o choque, incapaz de me recompor, de acalmar as coisas, de permanecer estável, coerente, unificado, na boa,
vou deslizando, me desfaço, derrapo, afundo, me afogo, me entedio, me apavoro, perco o pé, perco a cabeça, perco o fôlego, perco o norte, a clareza, o senso da realidade, o apetite, peso, o fio
é estranho, a coisa vai falando sozinha, palavras são escritas, coisas são ditas sem que eu faça nada, assim, sozinhas, automaticamente, por si mesmas, à minha revelia, ou quase, mas não, não é à minha revelia, pois vejo perfeitamente o que está acontecendo, mas, de certa forma, sem a minha participação, participação ativa, quero dizer, não sou eu que decido, não sou eu que escolho, dirijo nem controlo, as coisas apenas se dão, no fundo, seria quase como um início de calma, esse negócio que vai em frente, essa série de frases que se constrói sem que eu a forje voluntariamente, essas frases que se vão unindo por si mesmas, isso quase serve para tranquilizar, sim, isso tranquiliza
se só me restassem cinco minutos de vida, eu não invocaria nenhum dos homens do sagrado
não mandaria chamar padre nem pastor, nem rabino nem imã, nem lama nem guru, nem mesmo um médico,

exceção para a morfina, caso...
não acredito na interseção deles nem em nenhum de seus supostos poderes
estaria, portanto, preparado para desaparecer para sempre, supondo-se que não exista nenhum depois, nenhuma outra vida,
não tenho a menor ideia e estou consciente dessa ignorância,
eu sei que apenas suponho, que estou dando uma resposta, e não uma prova
talvez até venha em breve a me surpreender, muito embora, naturalmente, não creia que as coisas sejam diferentes da minha convicção
não temo nada, nem julgamento nem castigo, não espero nenhuma recompensa, considero-me sem esperança e sem medo
pelo menos, devo acrescentar, para ser honesto,
no momento,
e na medida do possível,
aquele que dissesse, na hora da morte, ter certeza de estar em perfeito controle de tudo, de não se enrijecer, de não tremer, de não pedir ajuda a ninguém, estaria mentindo
não quero mentir aos outros nem a mim mesmo,
nos últimos momentos, provavelmente, já que um ser humano sempre se dirige a alguém, eu falaria, antes de mais nada, em voz baixa, com os amigos e parentes
diria algumas palavras a cada um deles
à minha mulher, que a amo mais que tudo, muito mais do que ela imagina,
à milha filha, que me orgulho dela e de tudo aquilo em que vem se tornando

à minha irmã, que ela foi minha cúmplice de sempre, mesmo quando nossos caminhos divergiam
aos meus pais, que souberam fazer-me livre, e nisso foram perfeitos
a Paul, que ele é o irmão que eu não tive
a Christian, que morreu dignamente e cedo demais
a alguns outros, murmúrios silenciosos e ternuras secretas, não sou nenhum exibicionista
depois de me dirigir à íntima constelação dos que fizeram minha vida, estivessem presentes ou ausentes, não falando a nenhum Deus, eu tentaria dizer a todos os outros, já nascidos ou por nascer, que viessem pela magia da escrita a ler estas linhas muito depois de mim,
que a vida
é profusão, superabundância, eterno transbordamento
é múltipla, imprevisível, contrastada, nunca em falta,
que ela reconstitui seus recursos quando parece esgotada, desértica, calcinada
que deve ser sempre escolhida, preservada, inventada, tateando, sem saber, imperiosamente, contra tudo aquilo que deteriora, destrói, atrasa
que não existem — felizmente! — receitas, preceitos nem regras intangíveis e imutáveis, que bastaria seguir e aplicar
que cada um precisa inventar, improvisar, decidir, assumir, na névoa da incerteza e na bruma da guerra, o reino do aleatório
se eu só tivesse mais alguns segundos, tendo dito basicamente o essencial do que era importante para mim, varrido resíduos e miasmas, perfilado frases, condensado experiências

e pensamentos, composto fragmentos de uma lei frágil, incerta, zombeteira mas confiante, deixando a outros o cuidado de fazer a triagem, de organizar as glosas, de dar prosseguimento ao movimento, eu teria chegado quase ao fim,

não me sobraria tempo para redigir a minha necrologia, o que eu lamento, pois não confio nos jornais,

ainda posso rabiscar o meu epitáfio

queria que ele fosse digno dos meus feitos, capaz de dizer a vida de um homem que soube abrir caminho em meio aos imprevistos, jogar com a intuição, transformar o aleatório em doutrina e os caroços em sementes,

que teve quase sempre a feliz surpresa, ao descobrir alguma obra da natureza há muito escondida, de encontrar um sabor novo, insólito e suave,

então, pensando bem,

"ele sabia escolher melões"

não seria nada mau

saber viver
a questão parece muito complicada
e durante muito tempo eu, de fato, acreditei que fosse,
mas agora acho que não é,
pelo contrário, é extremamente simples
a resposta não depende de nada que precise ser deduzido, elaborado, encontrado depois de um longo trabalho
saber o que é o bem,
entender como se comportar em relação aos outros, são coisas que, no fim das contas, não dependem de nenhuma reflexão
nem sequer de pensamento algum
as respostas se impõem como evidências sensíveis, sensações, fatos tão presentes quanto a cor do céu, a força do vento, o calor do fogo
levei muito tempo para entender que é assim,
que não há nada a entender e tudo a sentir,
a virtude, com a qual os gregos nos martelam os ouvidos, a começar por Sócrates, e depois deles todos os outros, não pode ser demonstrada,
jamais deduzida nem dedutível,
ela é sempre colocada, experimentada, sentida de dentro, mas por ilusão achamos que era da esfera da razão, a conclusão de um silogismo

ao passo que se trata de um dado, um ponto de partida muito semelhante ao simples fato de respirar, de comer, de ver — de viver

viver, para os seres humanos, implica um mundo orgânico mais estruturado que para o animal

nesse dado corporal, o outro tem seu lugar, sua existência

a distância em relação ao outro — proximidade, afastamento, perto demais ou longe demais — tem sua importância,

mas nesse terreno nada jamais é decretado, sopesado, instaurado ao fim de uma deliberação

matar um ser humano a sangue frio, violentá-lo, humilhá-lo, roubá-lo são atos de que sempre me senti incapaz,

atentar contra a integridade de um corpo, cometer um assassinato de alma, trair uma confiança, eu nunca fui capaz de desejá-lo, embora possa tê-lo feito

se tento saber por quê, em nome de qual ideia, de qual princípio, de qual decisão,

a justificativa dessa resposta me escapa, esquiva-se, parece inacessível

mas se impõe como uma evidência,

símbolo de si mesma,

tão fortemente, de maneira tão injustificável

quanto se oferecem à nossa vivência, irrefutavelmente,

o brilho do sol, a escuridão da noite

Agradecimentos

A Monique Atlan, minha companheira, por tantas razões e desrazões, e tantas lições alegres de saber-viver,

A Michèle Bajau, por seu trabalho eficiente no tratamento de certas partes do manuscrito,

A meu editor e amigo Bernard Gotlieb, por sua atenção, seus conselhos e sua confiança fiel.

Este livro foi impresso na Divisão Gráfica da
DISTRIBUIDORA RECORD DE SERVIÇOS DE IMPRENSA S.A.
Rua Argentina, 171 - Rio de Janeiro/RJ - Tel.: 2585-2000